부산해동문학 제9집

꽃도 비명을 지른다

부산해동문학회 편

저녁이란 어제를 만나고
아침이라는 오늘을 만나면...

한누리미디어

부산해동문학 제9집

꽃도 비명을 지른다

지은이 / 부산해동문학회
발행인 / 손은교
편집인 / 윤충선

펴낸이 / 김영란
펴낸곳 / **한누리미디어**
디자인 / 지선숙

08303, 서울시 구로구 구로중앙로18길 40, 2층(구로동)
전화 / (02)379-4514, 379-4519
Fax / (02)379-4516
E-mail/hannury2003@hanmail.net

신고번호 / 제 25100-2016-000025호
신고연월일 / 2016. 4. 11
등록일 / 1993. 11. 4

초판발행일 / 2019년 3월 30일

값 12,000원

※잘못된 책은 바꿔드립니다.
※저자와의 협약으로 인지는 생략합니다.

ISBN 978-89-7969-795-7 03810

이 도서의 국립중앙도서관 출판예정도서목록(CIP)은 서지정보유통지원시스템 홈페이지(http://seoji.nl.go.kr)와 국가자료종합목록시스템(http://www.nl.go.kr/kolisnet)에서 이용하실 수 있습니다.
(CIP제어번호 : CIP2019011922)

| 발간사 |

내면의 방에서 살아 숨쉬는 언어들이
출구가 없을 때,
절실하게 성찰해 온
사유의 풍경 행간으로 펼쳐 놓았습니다.

저녁이란 어제를 만나고
아침이라는 오늘을 만나면

지성의 감정적 에토스(ethos)인 詩는
결코 미사여구로 채색하는 유희가 아니기에

"우리의 삶은 정말 순수한가, 생각이나 행동에 있어서,
잔인하진 않은가. 다른 이와 짐승에게!"
헨리 데이빗 소로우의 말을 깊이 자문해 봅니다.

20여 년… 함께 동행한 세월의 무늬를
다시, 또 '꽃도 비명을 지른다' 마음 나누기로
봄 햇살처럼 껴안을 것입니다.

2019년 3월

부산해동문학회 회장 손 은 교

| 초대시 |

최영구

시간의 얼굴, 시간의 심장

모든 것들은 시간의 얼굴이다
산과 바다와 숲의 얼굴
나무와 풀과 돌의 얼굴
그들은 시간의 다른 얼굴과 심장이다

모든 존재의 우상은 시간이다
시간은 그들의 다른 심장에 닿는다

시간의 재촉들, 바다의 깊이로
나무의 키로 풀잎과 꽃의 향기로

누구의 얼굴도 아니면서
모든 것의 얼굴이요 심장인 시간
낙엽들은 그들의 심장을 버리고 진다

이름들을 하나하나 시간의 얼굴 위에 쓴다
우리는 언제 부재와 존재의 속말들에 대하여
우리가 무어라 말할 수 없는 것들에 대하여
그들의 빛과 그늘에 대해 말할 수 있을까.

최영구

- 부산문인협회 회장
- 한국문인협회 회원, 새부산시인협회 고문
- 한국시문학연구회 대표
- 시집 《보리수나무를 키웠다》 외
- 부산시인상, 부산문학상 본상, 망운문학상 수상

| 초대시 |

채규판

겨울 천변

밤이 이슥하지 않아도 어차피 넘겨질 달력, 오늘의 마지막
자락을 문지르며 철철 솟아오르는 양질良質의 잠이 있다

풋내기들이사 물의 운치韻致를 알라만 하구에서
만난 조갯살 같은 약속들끼리 수군수군 시간을 쉽게 하는 걸…
무얼 좀 알아야 잉어 뛰는 꼴을 그려내지, 솔솔 바람이 차질 않다

설마 모닥불이 꺼질 리 없고, 손때 묻은 살림의 끄나풀을
이리 저리 끌고 다닐 수도 없고, 발 벗은 망각의 뿌리에
더러 성에가 끼긴 한다

병들긴 마찬가지이고 바싹 말랐거니 포플러 나무에 걸린
연鳶 끈이나 되었으면 달이 물장구치는 기억記憶들을
어렁어렁 그슬리면서 막무가내 얼어 붙이는 냇물을 후우후
녹여보리라 한다

채규판

- 원광대학교 명예교수
- 「한국일보」 신춘문예 詩 등단(1966)
- 한국시문학상, 이상화문학상, 전라도문학상 외 다수
- 저서 : 시 전집, 시조 전집, 논문집, 《한국현대비교시인론》 등
- 시집 《바람 속에 서서》 외 다수

| 초대시 |

김광수

인생은 그리움

깊은 밤 느닷없는 전화 두려움에 떨면서 수화기 드니 망설이노라 늦어버렸다네
현대의학에서도 도리질하는 지랄 같은 병 수술 후 투병 중인 갑년 여성작가의 헛헛한 내역을 울리고 나온 목소리 하나, 여전여상 사랑하는 문학회 나가지 못해서 미안한데 문학기행 가자고 연락이 와요 가고파도 따라가지 못하니 다음 모임에라도 나가고 싶은데 어쩔까요
단숨에 나가세요 했더니 같이 가잔다, 강물 흐르듯 흘러내려서 거슬러 올라가기 난감하다 했더니 맞기는 맞는데… 말을 잇지 못하는 목소리 둘, 어쩔까요
문학선집 시편의 표제를 달지 못해 십여 년 갈등 중이던 차 점

수돈오로 내려진 인생은 그리움, 암만 나이 들어도 문학소녀 그
녀의 선물이네
문득 착하고 섬약한 여자를 이 지경으로 만든 인사 있을 터이니
응징하라는 악마의 유혹, 아냐 아니야 인생은 그리움을 실천궁
행 중인 여성작가와 그것을 선물 받은 남성작가로 여기서 마무
리하라는 그래야만 사랑도 그리움이라는 천사의 속삭임, 여자
여 여성작가여 그리움의 형상화를 위하여 망설이지 말고 나가
세요.

* 점수돈오漸修頓悟 : 오랜 수행정진 끝에 일순간 깨달음이 오다.

金光洙

- 1976년 시집 《새벽찬가》 발간(시집 8권)
- 요산창작기금 본상, 이주홍문학상, 한국동서문학상 등 수상

Contents

손은교

윤충선

김홍규

김정호

Contents

박황자

김찬식

손영철

박성미

Contents

문경이

권정은

손은교

- 『해동문학』 등단
- 한국문인협회 문인복지위원
- 월간 『국보문학』 편집위원
- 부산문인협회 이사
- 부산해동문학회 회장
- 새부산시인협회 부회장
- 한국불교문인협회 이사
- 한국문학신문 대상 수상
- 해동문학 본상 수상
- 백호 · 임제문학상 대상 수상
- 을숙도문학상 수상
- 시집 《25時의 노래》 《바람愛피다》 외,
- 동인시집 《꽃에게》, 《길목에 든 햇살》 외 공저 다수
- 도휴갤러리 대표

사랑한다는 것은
낙동강 철새
그 겨울의 꽃비
그 바다의 자화상
다대포의 바람
외달도
내가 나에게 선사하는
꽃무릇 질 즈음에

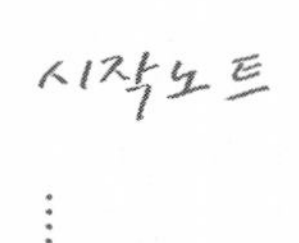

내재된 의식,
강이 가슴으로 흐르는 저녁 별들의 귀로歸路
내 한 줄의 적요寂廖한 영혼이 삶의 언어로
정제淨濟가 된다면 님의 바람을 만지다 잠드는
불목 같은 행간들을 넘나들며 스스로를 그리워할 것이다

사랑한다는 것은

사랑한다는 것은
비 오는 날이나 눈 내리는 날이면
외로움이나 혹은 쓸쓸함을 담아
더욱 진한 커피를 마시자는 뜻이거나

사랑한다는 것은
그리움으로 채울 길 없는 빈 가슴을 만들어
습관적으로 가시로 찌르듯이
아프자 하는 기다림의 뜻이다

사랑한다는 것은
서로의 마음 한복판에
결코 아물 수 없는 깊은 상처를
어루만지자는 뜻이거나

사랑한다는 것은
서로 다른 시각에 망각의 강을 건너
절대로
서로를 기억하지 말자는 뜻이거나

운명이란 누구의 뜻인지 몰라도
돌아보면 모두 회한이거나 눈물뿐인 이승에서
사랑하며 살라는 운명은 절대로 풀리지 않는
비밀스런 슬픔이란 뜻이다

낙동강 철새

그렇게 오는

한 치의 오차도 없는 날개춤으로
공활한 하늘의 여백에
애월바람 살속을 투신하며
한 폭의 풍경들이 된다 점.점.점..

반짝인 햇살로 아침을 갈아입은 옷
지상에 드러눕지 않는 야성의 노래로
하루란 시침소리 끝간 데 없이 깨우듯
강의 허리를 날고 또 서성인다

하늘을 이고 길 없는 길을 찾아 속삭이며
환한 미소로 우르르 부축하는 함성
곁에 있던 강물 위에도 다정이 얹힌다

회귀하는 등덜미를 기억하며

그 겨울의 꽃비

– 원둥 천봉선원, 긴 겨울 밤

그토록 애를
녹여 내어 밤새워 후들겼으니
한겨울 토곡산 아래 선장마을은
천봉산사天峰山寺의 하얀 가슴팍이었다

휘영청 달빛 하나—
우뚝한 말이 없어도 쌓여지는 취기醉氣에
거나하던 함박눈이 토방 아궁이에 쏟아 넣는
군불 지핀 가슴으로 뜨겁게
산화酸火 되는가

눈[雪]이 되고 불[火]이 되고 그래서
한 줄의 시詩가 되는
오늘이 얼어붙고 오늘이 타들어가는 그 백설白雪의
분분한 만유萬唯— 그렇듯 하얀 꿈들뿐이었으니

마당 한 켠에 쌓인 감나무 잎사귀마다
높은 혜안慧眼으로 시詩를 적으라는
천봉天峰스님의 열린 마음이
오는 봄을 먼저 알아차리고 눈을 뜨는데

넘어지고 엎어지고 다시 이우는
아무것도 아닌 회귀성의 본향本鄕은
예서 아직 멀기만 하온데
못다 쓴 시어詩語들을 남겨두고
시큰토록 떠나는 울울鬱鬱 가시내와 선머슴아

순수, 늘 훔치며 살고 싶어도
세상사는 월명성희月明星喜라 했거늘 그저
혼자 걸치고 사는 동안
그 귀하디귀한 해후 기다리며 기다리며
백년 만에 다시 내릴지도 모를
그 하얗도록 오래오래 사랑하자던 기막힌 인연을

* 월명성희月明星喜 : 달이 너무 밝으면 주위에 있는 별이 희미하게 성글다는 의미로 세상사를 비유함

그 바다의 자화상

– 다대포

블루보틀 오리진드립의 향
단미한 미소에 하람하여
허랑하지 않은 구속의 심장 혈관을 타고
그린나래 블루카펫의 가온길이다

순정한 눈물 하늘을 덮어도
기대고픈 영혼 대지를 덮어도
밀물과 썰물 들고 난 자리에는
무언의 침묵 처연한 울림으로
인연이란 문신 다시금 비워진다

떠나보낸 뒷모습 그림자 짙을수록
애마른 격랑의 파장이 지독할수록
바다는 달보드레한 밀도가 되어
서러운 뭇 사연 기울여 겁을 낳고 있다
추상을 가르는 파도의 촉수
내딛은 전율이 물든 흐노니 바람에
그윽한 꽃잠으로

사랑

푸른 빛 틈새

초아로 녹아내린 심지의 노래

다대포의 바람

단내 나게 쑤셔 넣은
꼬깃꼬깃 사는 버거움 모래톱의 목젖에
신열을 식히고 싶을 즈음이면

저 왔어요

머얼리 그리움의 열꽃
눈물 틔운 밀물이 되어 노을길에
하염없이 젖어들고 싶어질 때면

보고 싶어 왔어요

무작정 와락 안겨드는 안식이 그곳에 있어
일어서는 한 사람

빈자의 영혼을 소리 없이 포옹하는 그곳에 있어
다시 일어서는 한 사람

그래서 저 왔어요
한 호흡을 쉬는 하루의 쉼표

외달도

서둘러 익숙된 바람
홍건하게 풀어서 바닷길에 앉았더니
님은 남녘으로 오고 있었다

흐느끼며 숨죽인 애달픔 머얼리 떨어져
외로운 달, 이슥토록 머금은 상사화
베개 베고
짙푸른 섬은 늘 혼자였지만

지금은 들물이다
들물이다

내가 나에게 선사하는

– 테너 박인수 50주년 기념 음악회

아름다운…

살아있는
모든 것들이 흔들리며
심연深淵에서 눈물겹게 무너져 내리면
언제나 이별의 연서를 쓰듯이

붉은 기지개로 온몸을 태우며
들끓게 하던 늦은 가을
낙엽 떨어지는 소리를 듣는 저녁
성악과 내 안의 조우를 갈망하던 시간은
그렇게 설레임으로 줄곧 시달리며
클래식한 바람의 유전자로 향유했다

고고한 연륜의 감성이
함초롬히 배인 애창곡 '클레멘타인' 과
끊어질 듯… 끊어질 듯… 이어지는 민요 '인당수 뱃노래'
특히 각별한 제자들과의 만남으로 어우러져
굽이치던 감동의 '향수'
진정 장르를 넘나드는 목소리로

한바탕 세상을 초탈한 모습의 멋진 광채였다

저마다 마음자리 길을 흐뭇하게 하는 선물이 되어
먼 후일 세월의 과거 속에서 문득 문득 회억回憶하는
그리움으로 다가올

꽃무릇 질 즈음에

스며드는 꽃가람
사랑한 만큼 해인의 슬픔이라
함께 걷던 숨소리에 그 사람의 길이 되고 있었다

삭이고 쌓여 잃어버린 기억들
가드닝한 글썽임으로 울울 애정할 때
이제 와서 미안하다. 아프게 해서 미안하다

그제서야
이 지상의 모든 눈물 거두어
현현한 해거름 온몸으로 내려 받아
푸른 대궁에 녹아든 혈맥을 따라
한 생애, 일제히 붉은 소등을 한다

섬광의 나이테 입적한 산자락에는
아늑히 성스러운 바랍이 핀다
다시 애절한 기별이 올 때까지

• 한국문인협회 회원
• (사)국제PEN 한국본부 부산지역위원회 사무국장
• 한국불교문인협회 이사
• 부산광역시문인협회 이사
• 계간 『문화와 문학타임』 운영위원회 고문
• 『한국불교문학』 편집위원
• 한국불교문학 작품상 수상
• 시집 《돌의 꽃》
《천상의 노을 종소리 세상 새벽을 울릴 때》 등 상재

윤충선

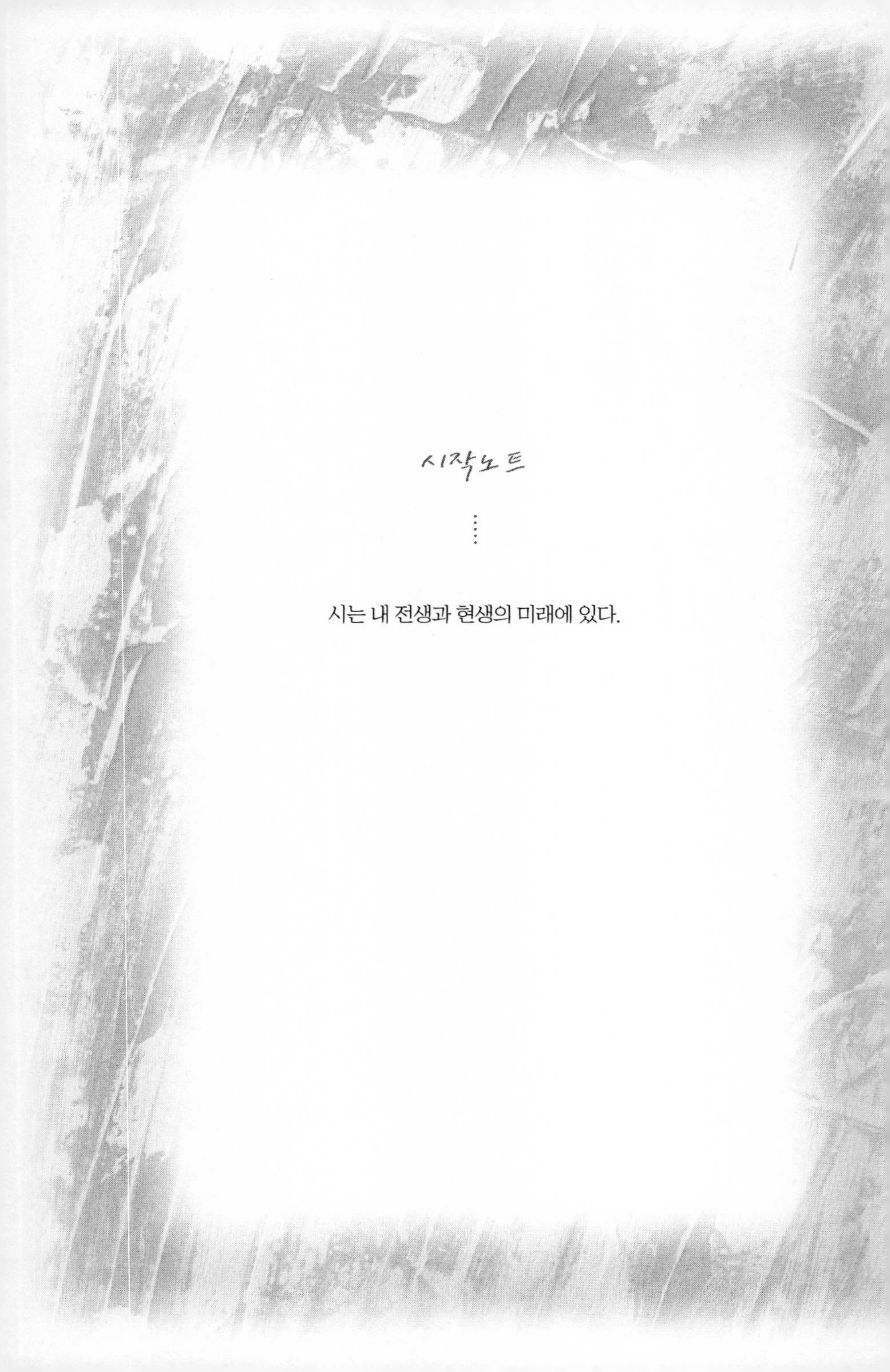

시작노트

……

시는 내 전생과 현생의 미래에 있다.

石님께

보인다 보인다
무심천의 하늘이 보인다

내 안에 있는 숨은 심산이 보인다
구름 걷히고 바람이 이르며
떠난 그 빈 자리가 보인다

물이 흐르고 마르면
돌멩이가 숨소리 내는 소리가 보인다

연둣빛 찻물 · 2

무심천 속에 찻물이 흐르고
세상사 흰 구름 타고 훨훨
바람 속으로 날으네

흰 소가 아홉 고랑 쟁기질 일구는 구름밭
백학이 내려와 찻잔 속을 거니네

종점

인생의 긴 터널을 떠나
철로에 내일을 달린다

기나긴 시간이 은빛 조각
곱게 곱게 썰어 설원의 광야를 지나간다

때론 낮이란 시간
때론 밤이란 시간
내 사랑이 긴 하루를 감싼다

차영랑 선생님을 그리며

아—앗 그 그림자
님의 흔적 찾아
이곳 월영다도에 모였네

님은 산천초목의 이슬이 되었나요
하늘 세상에 선녀가 되었는가요

님, 그의 음성
아직도 내 귓가에 쟁쟁이 들려오는데
난 아직 그 넓은 사랑
왜 몰랐을까

당신께서 남긴 거룩한 자리
이제 뜻 모아 당신께 수류화계차 올리나이다

정성을 모아 천상에 계신 님께 올리니
부디부디 받으시고
하늘세계 선학이 되시어 우릴 살피소서

찻잔에 고인 당신의 마음 우린 기억합니다.

차영랑 선생님 다시 한 번 크게 하늘을 훨훨 날으소서

* 해운대 동백섬 최치원 선생 동상 앞에서

진리의 말씀

진리는 어디에서 오는가?
하늘에서 내리는 비인가 바람인가
아니면 바다 깊은 속에 숨어있는 진실인가
가만히 눈을 감고 명정에 서 있으니
가슴 한가운데 솟아나온 샘물이었네
우주소리가 진언이고 진리라고 무색 무향기라고 말하네
눈으로 보이는 모든 실체 형상 보이지 않는
아득한 전설의 설화까지 다 진리라고 말하네
내가 모르는 억겁의 세월까지도 말씀하시네
한세상 순례의 길에서
그저 뒤따라온 세월의 흔적을 가만히 바라볼 뿐

기도문

공자는 인 · 예 · 지를 말하였고
제자 안회를 사랑하였네
차의 정신 중정 주역에서 온 중용이네
자기 자신의 참나, 진나
찾은 성찰이 시간을 우린 깨달음이라 말합니다.

중천의 달빛은
온 천하를 비추는 어머님 마음 같아라
관음의 마음, 덕을 쌓는 마음
이것이 세상을 밝히는 미의 조화다.
자시의 기도는 천계의 문을 열리는 시간 기도 올리나이다.

우리가 온 이유

지난 것은 다 아름답다
비록 현실에 (+)(−)를 할지라도 지난 흔적은 아름다워라

우린 세상에 온 이유만으로 감사하며 행복하였어라

이 아침이 동백은
붉음이 있어 더 아름다워라
동백의 아침이여

빈 공허

나의 작은 마음이 세상을
아름답게 하기 위하여
난 작은 어린 양
땅속에 축복된 에너지의 영향
늘 고마움을 안고 스스로 자존임을 알며
바람처럼 왔건만
바람 속은 겉과 속이 없는 빈 기둥
없으면서 있는 듯
너의 현상은 늘 이 우주의 주인으로
살아가는 태풍의 나그네

마음이 흐르는 강

그 누가 강이 있다 했나
아무리 천지를 살펴도 땅과 물뿐인데

그 누가 강이 있다 했나
바람과 소리뿐인데
강은 어느 깊은 산골에 울리는
소녀의 노래 소린가

강 그것은 하늘과 땅을 이어주는
어머니의 숨결 같은 것

내 육신 흙 빌려서 골격 세우고
강물 빌려 오장육부를 운돌리니
천지가 나요
내가 천지인 것을 알았도다
누가 강을 보는가

가을의 단상

허무가 쌓이는 시간
마당에 햇빛은 시간을 가리고
손끝의 가을은 단풍으로 노래한다.

누구여
누구여
황금벌판에 불러보는 메아리
가을하늘 구름 속에서 날 감싼다.

김흥규

- 1998년 『해동문학』 신인상 등단
- 부산문인협회, (사)부산시인협회, 부산불교문인협회, 기장문인협회 회원
- 금정구문인협회 회장 역임, 금정문학, 해동문학 동인.
- 국민훈장 석류장 수훈
- 시집 《황다리의 북소리》(2003), 《두고온 텃밭》(2015), 《낡은 깃발이 되어》(2016), 《날마다 바람이 되다》(2017) 등 상재

시작노트

사람이 그리워서 대화를 나누려 해도
마음 터놓고 얘기할 사람이 없어 서글퍼 보지 않았거나
나름대로 생각의 깊이에서 질식되어 죽을 것 같은
마지막 자존심을 지키고자 가슴으로 울어 보지 못한 사람은
외로움이 얼마나 깊은지 모른다.
가슴에 조용한 호수 하나 품으려 했다.
맑은 물 가득 담은 푸르고 깊은 호수,
산바람에 하얀 물결 찰랑이다 넘쳐 흘러내리며
도란도란 세상 이야기하며 티 없이 살고자 했다.
인간은 길들여지면 좋은 것 고마운 것도 사라진다고 했던가.
시와 난 마치 고기와 물의 관계처럼 뗄 수 없는 수어지교이거나
어릴 때부터 대나무말을 타고 놀며 같이 자란
죽마고우인지도 모르겠다.
그래서 아마 시를 쓰는 것 같다.

소한에서 입춘 사이

갈색 잔디밭에서 뒹굴며 노는
햇살을 시샘하여 밀어내는 추위
찬 그림자 몹시 흔들리는 저수지에서
어지럼증 일으켜 하얀 얼굴로 쓰러진다
소한 전날 아침부터
풍선, 바람 빠지는 듯 휘파람 불며
바지주머니에 손 찌르고
억울하게 끌려가는 잡범 아니면
흡사, 껄렁패 똘마니같이 어슬렁대며
아무 데나 집적거리더니 가던 길 기어이 돌아와
뒤뜰 대숲에서 지독하게 떠들고 있다

댓잎 서걱이는 사랑채에서
주역을 읽거나 거문고를 뜯거나 아니면
닷마지기 무논에 써레질하다가
새참 막걸리 주전자 통째로 들러 마시고
사당패 말뚝이처럼 배꼽을 내고 히죽히죽 웃으며
서편제 구성지게 목에 핏대 애태우듯
눈물 나는 상여 앞소리 세워 구슬프게 가는 듯
되게 독한 추위에 눈물만 찔끔거리고 있다.

판자촌

황해도 옹진에서 피난 온 철이네 집
아버진 전쟁터에 나가시고
삼팔선 괴뢰군의 따발총에 놀라
밤마다 꿈을 깬다는 할아버지와
성북고개 판잣집에서 다섯 식구 삽니다

통금해제 사이렌이 울리면
영락없이 고갯길 내려가시는 어머니
어둠이 영도다리를 끌어 덮으면
꿀꿀이죽 빈 냄비에 허기를 담아옵니다
터진 깜장고무신 절뚝걸음으로
국제시장 누비며 신문 파는 까까머리 철이
군인 간 아버지 씩씩한 행군처럼 신명납니다

판잣집 얇은 살림살이
개떡수제비 한 대접도 푸짐하다며
네 살배기 동생과 날마다 고갯마루서 반기시는 할머니
꼬부랑작대기가 제머리를 흔들어도
식구들은 언제나 따뜻한 웃음입니다

명절풍경

해거름 녘
버스가 바쁘게 출발선에 들어선다
밝은 표정 서운한 몸짓으로
떠나고 보내는 피붙이가 한 데 어울려
잠시 멈췄던 얘기가 다시 이어진다

자꾸만 말 템포가 빨라지고
매지매지로 묶인 푸성귀들
어른들 긴 이야기에 풀이 죽었다
뜬눈으로 지샌 송편은 서로 끌어안고
비닐팩 안에서 잠이 들었다

차임벨이 요란하게 울리고
크게 벌리고 한 잎 가득 채운 짐칸이
서서히 문을 닫자 버스가 움직인다
큰 유리창 사이를 두고 작별이 흔들린다
흔드는 손과 마주하던 시선의 각도가 꺾인다

고개 빼고 뒤꿈치를 들고 정을 놓지 않으려
흔드는 손이 허공을 잡고 있다

반세기를 함께한 여인

손발이 늘 찬데도 발품을 팔면 반값에 산다며
칠천 원짜리 블라우스 한 장 고르는데
열 곳도 더 들러서 결정하는 여인
햇빛에는 반짝여도 달빛에 서면
어둡고 돌처럼 딱딱한 여인
아직까지 마음 깊이에는 닿아보지 못했다

삶의 길에서 내 등을 밀어주면서도
가끔은 가시처럼 찔러 나를 아프게 하는 여인
겉보기에 절대로 화려하지 않은 모습이나
흰 구름이 지어놓은 궁전을 보며 공주가 되는 여인
원수 같은 때는 세상에서 제일 보기 싫단다

물안개 걷히고 어슴푸레 길이 보이면
어떤 표현으로도 잴 수 없는 여인
뻗쳐오르던 꿈도 허무하게 무너지고
벌써 노을 길 걷는 할머니가 된 여인
깡마른 팔을 내밀면 말없이 잡아줄 여인

자갈치시장

반짝이는 자개비늘로 장식하고
어항에서 슬슬 눈치 보며 유영하던 참돔
솜씨 날렵한 주인에게
뜰채로 보쌈 당해 광주리로 나왔다
보소 화통하게 까놓고 흥정하입시더

방금 낙찰하기 전
오이소 보이소 사이소
사투리 뚝뚝 부러트리며
붙잡고 따라오던 아지매
호객 때와는 사뭇 다른 정색한 얼굴이다

비린내 익숙지 못한 코가
울컥하며 돌아서려 했는데
군침을 흘리던 입이 갑자기
두 눈을 붙들고 돌아 세워, 결국
지갑을 까발리고 지폐 몇 장 나왔다

곧 세상사 논쟁을 짙게 할 것을 예감하며
쟁반 위 자리를 잡고 눕는 참돔 한 마리

옹나이 껌값

지리산 깊은 산골 오막살이가 고향이란다
새벽같이 싸립문 젖히고 까치발로 탈출했는데 하루 세 번 읍내서 출발하는 완행버스에 올랐다
신작로 바람나무 가로수 이 빠진 곳 그림자가 선득선득 지나갈 때마다 금방 목덜미 덥석 할 것 같은 아버지 억센 손이 무서워 보따리보따리 포개진 뒤에서 뽀얀 먼지 풀풀 마시면서도 엎디어 눈 딱 감고 일곱 시간을 줄곧 흔들리며 들어만 왔던 조방 앞 터미널에 떨어졌다
뜨끈뜨끈한 온천물이 사철 펑펑 솟아난다는 온천장을 물어 물어서 버선코 뭉개지고 까만 고무신 뒤축에 부르튼 발 절룩거리며 감고 털고 빗고 땋아 내린 치렁머리에 흰 저고리 까만 무명베 치마를 입고 도라지냄새 묻혀 수줍은 인기척 내며 온천집 주막으로 찾아온 덕성스러운 아가씨 먹여주고 재워주고 삼천 원 월급에 눈치껏 잘하면 껌값도 수월찮게 생긴다는 사장님의 취직 면접은 금방 끝났다 사장님의 후한 배려로 주름치마도 하사받아 평소 틈틈이 손수 짠 아끼던 스웨터를 입고 빨간 립스틱 짙게 바르고 거울 앞에 서니 영화배우가 따로 없이 만족스럽다
지리산 자주색 도라지 같은 아가씨가 새로 왔다는 소문은 금방 흘러나가 손님들이 바람같이 들이닥쳤다
촉수 낮은 백열등 좁은 방안에는 담배연기가 엷은 구름 낀 하늘

같은데 귀엽고 순진하다며 다정한 손님들의 친절에 빈속에 받아들인 따끈한 정종 몇 잔에 지리산 실개천이 꼬부랑하게 흐르고 따가운 햇살 아래 목말라 헐떡이며 맨발로 콩밭 매던 어제 일을 생각하며 주름치마 넓게 퍼질러 앉아 한 번도 구경 못한 이미자의 황포돛대 노래가 희망봉을 향하여 출렁이는 파도를 헤쳐 나간다
백원짜리 배추이파리 껌값 한 장이 스웨터 안으로 꽂히자 서툰 대나무 젓가락 장단은 신명이 넘쳐 호마이카 술상 모서리 이빨이 다 빠지도록 힘차고 꽃구름 위에 앉은 옹나이 꿈도 뭉개져 말아 올린 입꼬리로 나온 옹니도 풀어진 동공과 함께 코맹이 소리를 따라 범벅이 된 눈물만 하염없이 흐른다

세상에

운 좋은 집은
며느리가 물에 빠져도
금가락지 낀 손가락에
고기가 물어
시아버지 밥상에 올리고

재수 없는 놈은
짓고땡 화투판에서
논밭 날린 놀이꾼이
삼 대 구년 만에
장땡이를 했는데
똥파리가 호롱불을 꺼
깽판이 났단다

논매는 이야기

나락이 어우러져 초록이 만연하면 들판에는 논매기가 시작되지요 초벌 두 벌 망쇄매기, 세벌매기가 끝이 날 때까지는 농부의 논매기 노랫소리가 들판을 푸르게 흘러가는 물결이지요 흥에 겨운 나락포기는 우썩우썩 자라고 빳빳한 이파리는 농사꾼 팔뚝에 정을 새기지요 그 정은 따끔따끔해서 오래오래 정이 깊어지지요 새댁이 여다 나른 새참이 시장끼를 때우고 나면요 농부의 손가락이 나락포기의 발바닥을 간질이지요 쭈뼛쭈뼛 키를 재며 자라는 벼이삭이 고맙고 고맙지요 한 사람이 부르고 나면 또 다음 사람이 이어서 부르는 노랫가락은 논고랑 고랑마다 저만치 앞지르지요 쇠파리는 농부의 등에 피를 빨아야 살 길이라고 쫓아도 쫓아도 달려드는 쇠파리의 삶이나 논배미의 아득한 끝을 바라보는 농부의 삶이 매한가지란 걸 도시 사람들은 모르지요 그렇게 해마다 힘겹게 논매는 이야기가 있지요
벼는 짙은 가을쯤이면 틀림없이 농사꾼의 집쪽으로 고개를 숙입니다

김정호

- 1998년 『문예사조』 신인상 등단
- 『시와 인식』 회원(전), 글마을동인회, 해동문학회, 부산시인협회 회원
- 시집 《구두를 위한 데생》 외, 창작시나리오 〈사회초보생〉, 〈초부草夫와 숙녀淑女〉, 〈생각의 껍질을 찾아 떠난 여행〉 외, 에세이집 《천성산 이야기》 등.

시작노트

⋮

시 쓰기의 본령은 상상의 魂 안에 기거하는 참나를 만나는 것이라면
시 쓰기의 행위는 그 진실에 부합한 나의 본능적인 시각으로
사물과의 진실한 대화를 직조하는 작업이라 하겠다.
필자의 시의 뿌리에는 해묵은 슬픔이 고여 있다.
가령, 저울에 올려놓으면 무게 중심이 기쁨 쪽보다는 슬픔 쪽으로 기운다.
기쁨은 말 속에 장식해 놓은 사치품같이
인스턴트식품 같은 것이어서 가공된 기쁨은 여운이 둔하다.
슬픔은 만질수록 질감이 부드러워져 감칠맛이 난다.
모조된 기쁨은 남아도는 세상이니 원초적 슬픔은 귀해서 그렇다.
나에게 침묵을 가르쳐 준 슬픔과 늘 감성의 골짜기를 같이 걷는다.
그들과 나는 다툼이 없이 잘 사귄다.
그들과 언어의 숲을 거닐 때, 사물과의 대화의 통로를
그들이 터주기도 하고. 언어의 늪에서 월척을 올리기도 한다.
나의 슬픔은 고독과도 친하다. 둘은 서로를 껴안고 밤을 샐 때도 있다.
그 둘을 차지게 이겨 거르고 걸러 오관을 갖춘 한 편의 시를
사람들은 슬픈 시라고 말하지는 않는다. '감동이다' 한다.
필자가 말하는 슬픔이란, 규격화된 삶 속, 치열한 경쟁 속에서
죽자 살자, 들숨날숨, 사이에 있는 그 심층부를 바라보는 측은한
눈시울 같은 것이다. 필자 또한 그 속에 현존재하기 때문에 더욱 슬프다.
그러나 고행은 시인의 천직인 듯 벗어나려 하지 않고 즐기는 것,
그것이 감당해야 할 시인의 본능적인 몫인 것 같다.
이를테면, 박정애 시인은 먼 몽골까지 가서
밤하늘의 별빛에 취해 죽을 뻔하다가 간신히 그 뜨거운 별빛을
보자기 가득 싸와 우리나라 밤하늘에 뿌려놓은 후부터
나는 눈을 감고도 별구경을 하고 있으니 고맙기로는 큰 징소리 같고.
신정민 시인은 척박한 티베트의 오체투지의 무릎 뼈에 묻은
모래알갱이를 쓸어와 우리나라 詩밭에 뿌려놓았으니
고맙기로는 명징한 절창이 아니겠는가.
이 모습들이 시인의 내면의 한 모습일 것이다.

겨울비

빗줄기도 나그네처럼
추적추적 걸을 때가 있다
한사코 바짓가랑이를 붙들고
따라올 때
뿌리칠 수 없어 같이 걸으면
정이 들 때가 있다
사선으로 흩뿌리는 빗줄기도
외로운지 들창문을 바라볼 때가 있다
우산에서 미끄러져 땅으로 떨어지는
순간에도 정 붙일 곳을 찾는지
슬픔이 묻은 얼굴을 하고, 슬픔은
사람에게만 있는 게 아닌가 보다
꽃도 봄의 음계에서 점프하다
리듬을 놓쳐 버리면, 그렇게
슬퍼하겠지 겨울비를 닮은
슬픈 눈으로
땅바닥을 보고 걷겠지

야행성 여자

영상 속에 사는 여자가 있다
불면증의 여자는 야행성이다
스탠드 불빛이 봉인된 어둠의 비밀을 열어주면
여자는 배회하는 낯선 밤으로 갈아입는다
어둠을 짓이긴 다채로운 색감으로
환상의 캔버스에 덧칠하는 여자
유영하던 어둠의 수위가 낮아지면
바다를 길어다
몇 겹의 파도와 몸을 섞는다
누선과 타액선 사이에 고인
눈물을 떠먹는 여자
창문을 열고 안을 들여다보는 햇살은
손사래 치며 돌아선다
밤의 울창한 밀림 속에서
한 여자가 뭇 남자를 패러디한다
근육질의 남자들은
감추어 놓았던 충혈된 풍경을 보여준다
밤의 페이지마다 하이패스를 삽입하고
자물쇠로 어둠을 걸어 잠그는 여자

의식의 계단

과열된 의식의 퓨즈가 끊어지자
무성한 가지 끝에 매달린
시간의 이파리가 시든다
시든 잎을 쪼아 물고 트랙을 벗어나는
새,
공중에 솟구치며 날개 치는
자유를 길게 늘어뜨리는 새의
날갯짓,
겉옷을 벗어 던진 한 때의
언어들,
의식의 질곡마다 홍조증을 앓는
기억의 행렬 끝을 거머쥔 가쁜
숨소리,
치켜든 깃발에 매달린 하늘색
고함소리,
뚫어지게 허공을 바라보는
검은 눈동자 속에 갇혀 있던
의식이,
경계의 간극에서 휘청했을 완고한
고집이,
칼이 되어 노려본다

바다의 언어

소금은,
침묵하는 바다의 언어
하얗게 만발한 섬세한 언어를
맛보아라
욕망의 피도 졸아지면
단단하게 응고凝固된 고통이듯
희디 흰 언어는
성난 파도에 몸을 섞은
수만 겁의 햇볕과 바람의
투명한 뼈로 응축凝縮 되어 있으니
혀끝에서
짜디 짠 바다의 눈물이 진동하리라

머플러

흔들수록 물결치는 머플러
바람은 머플러의 꼬리를 잡고
길을 걷는다
팔짱을 낀 틈새에
새내기 바람이 끼어든다
그들의 입술과 입술 사이에
정전기가 일 때마다
외마디 신음이 귓속을
지나는 즐거움이 있다
날마다 눈에 익은 연문을
새내기 바람이 따라다니며 지운다
바람이 너무 세면
"내 몸에 묻은 당신의 사랑이 위태로워요"
머플러의 입술에
하늘색 물집이 생겼다

헤어롤

일기예보와 예약한 차림으로
출근하는 여자
서둘러 헤어롤을 감아주는
바람의 손끝이 민첩하다
시간의 끄트머리가 바람에 날린다
콤팩트 안에 저장된 얼굴을 끄집어내어
몇 장의 페이지를 넘긴다
페이지마다
포도알 만한 회오리바람이 분다
바람을 품은 퍼프는
뺨을 토닥거릴 때마다
꽃망울 터지는 소리가 난다
저 소리의 맨발이
화려한 정원의 가슴을 밟고 간다
시간을 재던 하이힐의 굽이
아스팔트의 배꼽을 밟을 때마다
삶을 실은 속도가 긴장한다

기억의 뒤란

날이 저물면 기억의 행렬이
이마에 불을 켜고 모여 든다
어느 것은 다리를 절고
몇은 투명한 알몸이다
변명이나 거짓 한 벌 입지 못한 채
젖은 몸이다
실체를 잊어버린 그림자의 흐느낌이
기억의 뒤쪽에서 소리 없는 절규가
유리관 안에 갇혀 있다
살아온 나이테마다 두꺼운 오열
오열 끄트머리에 반발하는 성에꽃
엉긴 기억의 매듭이
사슬에 묶여 술래잡기를 한다
서녘 노을이 몽롱한 눈빛으로
심연의 골짜기에서 서성거린다

캡사이신*

투명하게 위장한 휘발성 유혹이
내장 곳곳에 붉은 색깔의 깃발을 흔든다
속도는 저음으로 몸속에 스민다
간밤 포식한 위장 속
웃자란 숲을 베어내는 동안
은신중인 해묵은 노적거리가 긴장한다
몸속에 붉은 깃발이 펄럭인다
캡사이신은 미각에 목줄을 채워 끌고 간다
유혹을 뿌리치지 못하는 건 미각뿐일까
그릇 안에는 의심을 품은 시선이 긴장할 때
매운맛에 놀란 탄성이 한 묶음으로 요동친다
캡사이신의 미세한 바늘쌈에 찔린 혓바닥
가파른 순간을 어디다 부려야 할지
공중 어디쯤에서 찾는 냉수 한 사발
바람 한 토막 베어 문 혀끝은 허공을 헤맨다

* 캡 사이신. 고추의 매운맛 성분인 인공 조미료

소낙비

눈치가 잽싸야 살아남는 법
벼 모가지 숙이고 바짓가랑이 걷어 올린다
목화송이 치마끈 홀쳐매고 어디든 뛸 참이다

실개천 옆구리 터지고
봇도랑 가랑이 찢어진다
뛰는 쪽으로 뛰어야 살아남는 세상
물길을 거슬러 오르는 것은 혁명가의 몫이지

어중이떠중이 마구 뛴다
기회는 이 때다 하고 냅다 뛰는 놈
영문도 모르고 따라서 뛰는 놈
엎어진 놈 가슴팍 밟고 나만 살자 뛰는 놈
앞서 뛰는 놈 허리춤 잡고 공으로 뛰는 놈
시궁창 똥물도 은근 슬쩍 끼어든다
집동 같은 황토색 욕지거리가
도랑 가득 흐른다

외양포*

가덕도 외양포에는
백년의 햇볕과 백년의 바람에도
씻겨지지 않는 아픔이 있다
겨레나 민족이란 말은 어울리지 않는
사치스러운 속옷 같은 것
왜군의 군홧발에 밟힌 고샅길 질경이도
때가 되면 푸르게 푸르게 일어서고
울타리를 감아 도는 오가피나무의 새순도
잘라도 잘라도 돋아나는 것은
어린 위안부의 까만 눈동자를 잊을 수 없어
백년을 그렇게 졌다가 다시 피고 피고 하는 것인데
자정 지나 삼경 무렵
공중에 치솟았다 땅바닥에 내리꽂히는
허공을 후벼 파는 긴 울음이 있다
탐욕을 장전하여 쏘아올린 야욕으로
반도 땅 심장을 가른 포성으로
귀 먹고 말 먹은 시간마저 멈추어 버린 외양포
그 누가 위로할 자 없어
별빛의 온기로 끼니를 잇는
바람에 찢긴 남루한 옷을 걸친 검은 눈동자들

밤마다 자정 때면 둘러앉은 원혼들
백년 묵은 통곡이 거기에 있다

* 부산시 강서구 가덕도 외양포 : 1936년(소화 11년) 왜군의 포진지가 있는 섬 그 섬에 위안부 막사가 옛 모습 그대로 있다.

박황자

- 『해동문학』 『창조문학』 신인상 등단
- 한국문인협회, 부산문인협회, 부산시인협회 회원
- 부산해동문학 동인, 부산해동문학동인회 회장 역임
- 부산시인협상 우수상 수상
- 시집 《난蘭 앞에서》, 《지금, 그곳에 가면》 등

민들레

정밀 검사

행복

자작나무숲에 내리는 눈

등불

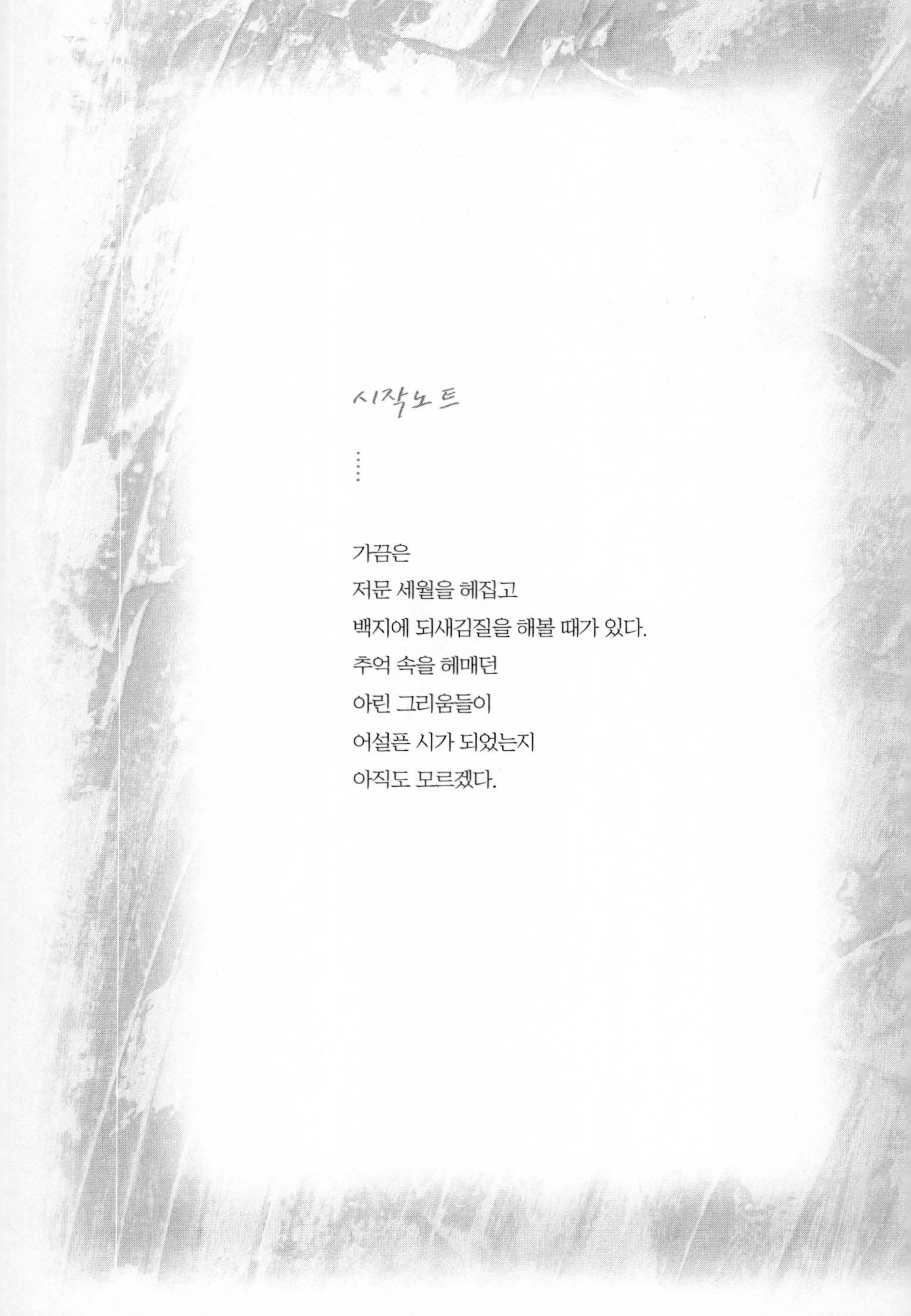

시작노트

……

가끔은
저문 세월을 헤집고
백지에 되새김질을 해볼 때가 있다.
추억 속을 헤매던
아린 그리움들이
어설픈 시가 되었는지
아직도 모르겠다.

민들레

몸에 좋다는 민들레
잔득 캐다 베란다에 두었다

밤 사이
바구니 틈새로 얼굴 내밀고
낯선 도시 풍경을 본 민들레
놀란 얼굴이 노랗다

세상사 돌이켜 보면
놀랄 일들이 한두 가지 뿐이랴만
날마다 나도 바구니에 갇혀
세상일에 놀라는 민들레를 닮았네

정밀 검사

하얀 동굴에 누워
머릿속을 분해한다
뚜뚜뚜 신호음을 따라
쿵쿵쿵 말뚝을 박고
쇠톱으로 자르며
수많은 장애물을 부수고
정밀 분석을 한다

뭇소리에 시달려
이승인가 저승인가
도무지 떠지지 않는 눈
두려움에 마른침만 삼키는데
'수고하셨습니다 일어나세요'
아아 아직은 이승이구나

행복

과거도 아닌 것이
미래도 아닌 것이
현재에만 있는 것이
하필이면 코밑에 숨어
등이 휘도록 고개 숙여도
나의 요람은 아득히 높았나 보다
실눈을 뜨고
수 없이 읊조려도
보일락 말락
행복은 아직도
숨바꼭질중

자작나무숲에 내리는 눈

한 소절
버선발로 오시는 날에는
자작나무 숲으로 가볼 일이다
올곧게 살아온 발자국
하얗게 다독이며 등을 미는 바람
누군들
한 굽이 사는 일 매운 발에 차여
먼 길 달려가 보면
그 누가
가슴 소복이 보듬어 주려나
사부작사부작 내리는
눈발을 만나려
자작나무숲으로 달려갈 일이다

등불

아찔한 절벽 위
등불을 밝히고 있는
원추리꽃

위태로운 맨발이
애처롭다

저물녘
저마다 추억을 만들어 놓고
떠나가는 발자국들

초승달보다
더 밝은 원추리꽃등
아득한 절벽을 지키고 섰네

김찬식

- 『심상』 신인상 등단
- 부산광역시문인협회 부회장
- (사)부산시인협회 부이사장
- 국제PEN 한국본부 부산지역위원회 부회장 역임
- 김찬식 詩&樂 콘서트
- 중앙공무원교육원 초빙강사
- 시집 《누구나의 가슴에도 강물은 흐른다》 외

시작노트

인간이 존재하는 의미는 무엇인가?
철학적 생물학적 종교적 등등의 여러 측면에서 의미를 다룰 수 있지만
보편 통합적 상태에서 인간존재의 의미를 살펴본다면
먼저 실존적 측면에서 한 생명체로 태어났다는 자체에 큰 의미가 있다.
무량광변의 대우주 속에 목적수단이 아닌 한 생명 자체로의 존엄성에
일차적인 존재의미를 둘 수 있을 것이다.
이것은 사르트르적인 일차원의 실존론적 의미이다.
이 생명 자체의 존엄성적인 존재의미는 원시적이고 일차원적이다.

그러나 혈족관계가 해체되고 사회관계망이 중요시되는 복잡다단한
다원화된 현대사회에 우리는 이 원시적 존재의미를 뛰어넘는 한 차원 높은
존재의미를 발견하고 상기 부각시켜야 할 것이다.
이것은 내 사유 속 · 고차원적 존재의미를 발견하고자 하는 것이다.
이것은 관계를 형성하는 사회생명체로서의 존재의미이다.
인류가 탄생하여 선사와 역사시대를 거치는 수백만 년의 생존과정을
거치면서 우리는 생존을 위한 고단한 삶의 과정 속에서
수많은 선택을 하여 왔고 또한 강요받는 운명의 기로에 부닥치기도 했다.
인류가 존재하는 한 이 선택의 숙명은 영원할 것이다.

이것은 인간 삶 자체가 하나의 대서사시임을 말해 준다.
어떤 선택을 하느냐에 따라 개인의 삶은 달라지고 인류의 미래도 결정된다.
이것은 어떤 잘잘못도 아닌 대서사적 운명일 뿐이다.
운명의 대서사시는 어떤 방향으로 전개될지 아무도 모른다.
이처럼 인간존재의 고차원적인 참 의미는 삶이라고 하는
대서사시를 엮어 가는데 있는 것이다.
인간 삶 자체가 문학이고 예술이다.

바람

부끄러워 얼굴을 숨기며
투명 가슴으로 풍경으로 다가온다
나뭇가지를 흔들고 내 뺨을 스치며
엉엉 울면서 뛰어온다
존재를 알린다는 것,
눈물 없이는 볼 수 없는 것이다

가슴 속 울음은 보이지 않는다
하지만 울고 있다
너를 위해 절절히 기도하는 것이다
바람처럼 소리 내어 울지 못하고
너를 흔들지 못하지만
속 깊이 멀미 이는 내 가슴 속 바람은
너를 위해 엉엉 울고 있는 것이다

노모

미풍에 낙엽 바스락거린다
입김으로도 날아갈 듯
만지면 부서질 듯

한 때 화려했던 단풍
한 시절 물오르던 푸르름에
뭇 바람 유혹의 시선 뜨거웠지만
살신성인으로 대지를 살찌웠던 정열

바위도 낙엽의 정신에
굴좌屈坐하며 엎드렸다

말랑하고 따뜻했던
풍족한 가슴은 어디 가고
거죽만 남은 빈 젖꼭지

가벼워 가벼워서
울음 날 것 같은
참을 수 없는 가벼움이여

복수는 나의 친구

꽃 지고 수명 다한 호접란을
마당 한구석에 팽개쳐 놓았다
칼바람 겨울은 달력의 날들을
하루하루 잘라 나갔다
어느 봄날 달력에도 새순이 돋았고
호접란 한 송이 농염한 미소를 지으며
보란 듯이 내 앞에 나타났다

버려진 호접란의 뼈마디 줄기마다
뾰족한 새순이 올라와 나를 겨냥했다
푸른 칼날은 내 가슴을 찌르며
붉은 웃음을 통쾌하게 피웠다
나의 누선에는 급류가 흘렀다
복수는 요염하고 화려했다

저수지, 겨울

호수가 며칠 추위로
꽁꽁 얼었다

추위도 호수 심장은 얼리지 못해
호수 속에 사랑모양의 연못이 생겼다

연못 속에 산도 구름도 실렸다
사랑은 만상을 담고도
무겁지 않은가 보다

연못 속에 겨울철새들이 날아들어
사랑거린다
사랑은 어떤 것도 녹이나 보다

나도 얼어붙은 마음에
뜨거운 심장 하나 갖고 싶다
추위에 날아드는 너를 녹이고 싶다

파도

애련에 젖은 숨결로
노독의 심장을 깨우라
염장된 울음으로
유폐의 길을 터라

바위에 부딪힌 하얀 멍들은
순교의 봉우리인가
쓰라린 그리움인가

쪽빛의 파노라마에
퍼덕이는 해무의 숨결을
너는 듣고 있는가

서러워 마라, 서러워 마라
어차피 바위에 부서질
하이얀 낙엽이라면

마지막 의미

산다는 것이 가끔 고달프다고 느껴질 때
망망대해의 수평선을 걷고 싶다
귀신고래를 만나 출생의 비밀을 알고
헛웃음

마룻바닥이 끝이 아닌데
그 아래 주인을 기다리며 고무신이 숨 쉬고 있어
아름답게 피워내야지
때로는 인생이 유배지 같기도 하지만

기울어진 바퀴의 휠체어에 앉아
햇살로 허기를 채우는 중에
잊고 있었던 첫사랑으로부터
기별이 왔을 때
환희 피는 웃음
가끔씩은 이럴 때도 있는 거야

줄낚시에 걸려 선상에 막 올라오는
갈치의 춤을 보면 눈물 난다
하지만 도마 위에 퍼덕이는 눈부신 은빛

그 위의 빨간 루즈
그래 생존의 꽃밭은 도마 위의 도살장이지

삶의 꽃은 죽음이지
삶,
죽음을 피워내기 위해 봄을 기다리는 거야

시궁창에서도 피워야지
그래, 아름답게 가는 거야

문풍지의 노래

동지섣달 겨울밤
바람은 칼춤을 추었고
날이 서고 펴럴수록
문풍지의 노래는 빛났다

바람은 아랫목이 탐이 나
온 밤 문풍지를 울리며
문지방을 넘으려 애를 썼다

안방의 유혹에 넘어간 바람
문지방을 떠났고
문풍지의 노랫소리 들리지 않았다

아랫목을 넘보지 말아야 했다
바람이 살 곳은 문밖의 문지방
제 자리를 비운 것들
세상을 울릴 수 없었다

바다 도서관

바람은 바다의 책장을 넘긴다
파도를 한 장씩 넘기면
조가비1p 뱃고동2p 갈매기3p…
태풍은 잠잠한 바다 속 앙금을 읽는다

너는 내 마음의 책장을 넘긴다
그리움을 한 장씩 넘기면
기다림1p 질투2p 보고픔3p…
사랑은 고요한 눈동자에 보석을 건다

인생계약서

나는 태어나자마자
나와 세상과의 계약관계로
인생계약서를 작성했다

슬픔과 고통은 인생계약서
필수 기재사항이었다

슬픔과 고통이 부당하여도
받아들여야만 했다

내가 걱정해야 할 일은
슬픔과 고통을 얼마큼 우아하게
장식할 것인가였다

슬픔 속에도 틈새가 있어
카타르시스가 숨 쉬고 있었고

고통이 끝나가면서 그 여진 속에
안도라는 희열이 숨 쉬고 있었고

슬픔과 고통은 개미 눈만큼의 기쁨도
황소의 눈처럼 커 보이게 하였다

슬픔과 고통이 저밀수록
내 인생 깊이는
늦가을 저녁 어스름 그림자처럼
고즈넉하게 길어만 갔다

• 『해동문학』 신인상 등단
• 부산해동문학회 동인

손영철

외로운 것은 홀로 빛난다

매화 지듯이

사유

그리운 파타고니아

불두화

업

비 오는 날 강변에서

사라진 황홀

시작노트

······

오늘도 부질없이 그 길을 꿈꾼다.
800km의 머나먼 길, 산티아고 순례자의 길 말이다.
살아온 길을 뒤돌아보고, 다시 살아갈 길을 생각하며
맑게 걷는 길.
평원의 바람은 살갑게 스치고, 때로는 온 몸에 차가운 비를 적시며
그렇게 한 걸음 또 한 걸음 눈물 흘리며 걷고만 싶다.
오체투지로 몇 천리를 가는 티벳 순례자들을 떠올리며
지금도 산티아고 그 길을 생각한다.
동행할 도반은 비록 없어도
오롯이 정갈한 마음만 지니고
이 천 리 머나먼 길을 걷고 또 걷고만 싶다.

외로운 것은 홀로 빛난다

4월 초순 맑은 아침
앞산의 산벚나무
외로이 피었다
누군가 보아주지 않아도
저 산벚나무 꽃 피웠다
일 년에 한 열흘
온몸 하얗게 꽃 피우는
쓸쓸한 산벚나무
그러나 외로움이란
늘 홀로 아름다운 법
그 열흘의 활짝을 위하여
기다리고 또 기다리는 것이다
그러다 마침내
웃음처럼 벙그는 꽃잎
그렇다
외로운 것은
홀로 빛나는 법이다

매화 지듯이

꽃샘바람과 비에
매화가 진다
장독대 뚜껑 위에
매화 꽃잎이
물 위에 떴다
하늘에서 고아하게
피웠던 매화
다시 물 위에 떠서
한 사나흘은
또 피리라
쉬이 땅으로 떨어져
사라지면 그뿐이지만
물 위에 다시 피는
저 매화
매화 지듯이
저렇게 살다가
갈 일이다
매화 지듯이
그렇게 고아하게
살다가 갈 일이다

아쉽게 아쉬운 듯이
그렇게 살다가
갈 일이다

사유思惟

국립중앙박물관 독실에서
반가사유상을 친견하였다

의자에 사뿐히 앉아 왼발 내리고
무릎에 단정히 오른발 올려
오른쪽 팔꿈치 무릎 위에
손가락 가벼이 빰에 댄 채
명상에 잠긴 그윽한 모습
나는 두 손을 공손히 모으고
오랜 시간 우러러 보았다

천 년을 넘긴 사유
그 세월을 견딘 고독
변함없이 지킨 미소

반가사유상 앞에서
폴썩 허물어졌다

반가사유상 앞에서
나는 한 점 먼지가 되었다

그리운 파타고니아

파타고니아에서는
이 삼 백리 아니
이삼백 킬로미터를 지나야
사람 사는 집을 만난다고 하네
말과 양, 소를 돌보는
카우쵸는 아예
고독이라는 사치스러운 병을
모르고 산다고 하네
그래도 카우쵸가 부럽다고
한반도 남녘에서
찾아가는 청춘이 있다고 하네
사람냄새 느낄 수 없는
멀고도 먼 파타고니아
그곳에서 사람을 부르는
애처로이 부르는 카우쵸의
목소리가 들린다고 하네

불두화

다솔사 대웅전 아래
하얀 꽃이 이쁘게도
동그랗게 무리지어 피었습니다

스님!
저 꽃이 무엇인지요
불두화라오
그렇군요
어쩐지 불심이 가득합니다

부처님은 열반에 들어서도
꽃이어서 좋겠습니다

업業

눈이 침침하여 찾은 안과
치매가 있는 부인을 동반하는
늙은 남자는 측은해 보였다
짜증과 잔소리에 지칠 만한데
그는 바위처럼 강건했다
힘들지 않냐는 간호사의 위로에
그는 말했다
다 업이라 여깁니다
이 업을 잘 닦으면
내세에는 평안이 오겠지요
나는 갑자기 눈앞이 환해졌다

비 오는 날 강변에서

하늘을 금 가르며 내리는 비
저 강물에 떨어져도
상처 하나 주지 못하네
그렇게 강물에 보태어
바다로 다시 바다로
흘러만 가네
나는 이 강산에
물 한 방울 더하지 못하고
말없이 사라져 간다네
풀잎보다 허무하게
스러져 간다네
바다에 이르지도 못하고

사라진 황홀

일주일 여행에서 돌아오니
벚꽃이 지고 없다
그 벚꽃과 함께
올해의 봄
나의 빛나는 황홀도
사라지고 없다
어쩌랴
텅 빈 이 허망을 채우려
다시 새봄을 기다리고
또 기다려야 하는 것을

- 호 소정(素貞)
- 2014년 『문학도시』 신인상 등단
- 가톨릭문학캠프 백일장 우수상
- 부산문인협회, 가톨릭문인협회, 기장문인협회 회원
- 해동문학 동인
- 동시집 《나도 형이다》 상재
- 현, 양산 솔잎어린이집 원장

박성미

채송화

봄 소풍

홍매화

벚꽃

성체

코골이

무지개

작은 바다

개구쟁이

모래알

시작노트

⋮

나는 주변에서 시의 소재를 찾는다.
언제부터 작은 것을 소중함 여기며 울기도 하고 웃기도 한다.
인간은 태어나는 날부터 엄마와 첫 만남에서
관계를 형성하고 살아간다.
가장 소중한 만남은 순수한 마음 꾸밈이 없고
거짓이 없을 때 공감대를 형성하고 신뢰한다.
동시를 쓴다는 것은 어린이의 시선으로 사물을 바라보고
어린이의 마음을 표현하고 진실과 순수함을 그리는 것이다.
어린 시절 지나온 시간이 그리울 땐 기억을 더듬어 동시를 쓴다.
나의 동시 속에는 믿음과 내 생각 들이다
부모의 따뜻한 사랑을 받을 수 없는 아이들을 보면
슬프기도 하지만 나의 손길에 좋아하는 아이를 보면
나 또한 자긍심이 높아진다.
오늘도 내일도 사랑하는 아이들의
작은 마음을 보듬어 아끼고 사랑할 것이다.
나의 시를 읽고 독후감 같은 문자를 받는 날은 무척 행복하다.
더욱 행복한 것은 나의 마음과 닮은 글을 만나는 것이다.

채송화

칠월의 아침 햇볕

까르르 웃는 소리

활짝 웃는 두 살배기

내 동생 닮았네.

봄 소풍

짝지가 불쑥 내민
김밥 한 줄

주물럭거리다
손때 묻은 까만 김

먹을까 말까 망설이다
딱 한 개 먹었더니

노란 단무지 아삭 소리
놀라 튀어나온 긴 어묵

살짝 손 내민 우엉 가락들
빙그레 웃는 짝지 얼굴.

홍매화

연둣빛 봄 소리
공원길 달려가 보니

엄마 젖꼭지 닮은
분홍 꽃망울

여기서 부르는 소리
저기서 부르는 소리

소나기처럼 쏟아지는
봄 하늘 엄마별.

벚꽃

세워둔 빗자루
분홍 눈송이

아침 햇살 눈부신
수줍은 바람은

팔랑대며 마주 앉아
덩실덩실 어깨춤

비 내리면 어쩔까
봄눈 녹을라.

성체

일요일 엄마 손 잡고
성당 가는 날

늘 나눠 먹는
동전을 닮은 뻥튀기

나도 먹으면 엄마처럼
키가 커질 것 같은데

예수님 닮아 선한 사람
될 것 같은데

조금만 주세요

손바닥에 올려 주는
뽀얀 빛깔 박상 맛

사랑의 예수님과 한 몸
되었네.

코골이

한밤중 들려오는
요란한 기차소리

흔들흔들 춤추는
할아버지 콧수염

숨 넘어 갈 듯
드르릉 소리

동네 사람 잠 깨울라
기와지붕 날아갈라.

무지개

소나기 오고 갠 날
가방 속에 두었는데

어디로 갔지

빨강, 노랑 예쁜 색깔
색연필을 닮았어

알록달록 물감도
너를 닮았어

뱅뱅 돌아가는
선풍기 속에 있었구나.

작은 바다

선생님께서 가져온
하얀 바다

배 한 척과
꼬물꼬물 게 한 마리
살고 있어요

구멍 난 조개껍질
오가는 물고기들

말 없는 몽돌과도
사이좋게 놀아요

보름달 닮은 바다
선생님 얼굴 보입니다.

개구쟁이

몇 번 다짐했던 일

초록 불일 때 건너가고
교실에서 뛰지 않고
앞줄 진우 건드리지 않기

그게 잘 안 돼요

오늘은
교실에서 사뿐사뿐
친구와 사이좋게
선생님 말씀 잘 듣고

착하게 참 잘 했어요
꼭 듣고 싶은 말.

모래알

물결 따라 속삭이는
도란도란 모래알들

무슨 할 말 그리 많아
하루 종일 종알종알

밀물썰물 노랫소리
왔다 가는 하얀 파도

모래성에 해지도록
이야기가 끝이 없네.

※ 사랑스런 아이들을 생각하면서 4.4조의 동요를 지어 보았습니다

• 『부산시인』 신인상 등단
• 해동문학 동인

문경이

시작노트

⋮

시는 반투명의 안경을 낀다.
밤하늘에 별의 끄트머리 그림자라도 한 번 밟아 보고자
밤새 사다리를 타고 오르락내리락 한다.
숫제 외면해 버릴 때 때론 엄마 냄새가 나는 이불을
놓치기 싫어 손깍지를 끼고 풀지 않는다.
심장이 없는 나에게 수시로 들여다보는 심장이 생겼다.
맘껏 문을 열어놓고 입을 봉해야 하는 고요가 있다.
기분 좋아지는 얼굴들이 오고 가다 마주치면 그 얼굴이 겹치고
또 겹쳐지는 설레임이 연둣빛 두근거림으로 다가왔다.
또 멀어지는 술래가 되기도 한다.

민감한 꿈이 계속되기도 한다

휘장은 사라지고
자유를 얻었다
멀리서 애타게 바라만 보던 그는
벌써 먼 산 허리춤에 올라앉았다
산은 내려왔다 올라갔다
여행가방을 꾸리고
엄마는 막대김밥을 말기 시작한다
돌아눕지 않는 연인 같은 체온이 달려온다
해맑은 얼굴로 서로가 서로에게
선물하기 좋은 날이라는 글귀를 적어둔다
도시는 술렁이는 느린 물결이 되고
느린 걸음은 느린 풍경 속으로 걸어 들어간다
그들은 두터운 꿈이 거추장스러워
실루엣이 있는
민감한 날이 계속되기도 한다
오후의 졸음을 깨우는 바람이
하품소리에 놀라 두리번거리며
잠을 쫓아내다가
길모퉁이에 기대앉은 채송화 언저리에서
늦은 낮잠에 빠져 든다

섬

버스가 떠나는 순간
나는 없다
고약하게 중독된 뱃속은
종일 굶주림도 모른다

먼 바다는
어제도 본 그 바다는
오늘도 철석이며
꿈을 소리 내어 읽고 있다

어설프지 않게
나는 그 곳에 서 있고
영원히 소멸되지 않는 그는
언제나처럼
내 아버지의 무거운 어깨처럼
마지막 인사를 한다

혼자가 일 때
허공에서 뭔가를 찾아낸
나는
사계절이 바람이 된다

호접란에 귀를 대어본다

곱게 핀 호접란의 꽃대가 발을 들고
누울까 말까 꽃대가 뚝 끊어졌다
단수가 된 듯 적막이 흐른다
적막을 깨무는 자투리에서 물이 오른다
물은 아주 그 옛날 씨방이 잠을 자고
자는 동안 뿌리 깊은 곳에는
한 번도 길어본 적 없는 웅덩이가
몇 개나 있었다
물은 마술의 통에서 휩쓸려 나와 꽃대를 올리고
꽃잎의 선을 조각하다
분홍을 그리고
뒤섞다가 빨강이 되고
엉킨 발을 빼다
노랑이 되고
덧칠하다 뒤를 돌아본다
숨을 멈추게 하는 바람꽃이 오고 있다
먼 산 중턱에 숨었던 메아리가 돌아오는 길은
마술상자 같은 큰 향기를 가지고 온다

비밀

그 문을 열면
한밤에 달을 보고도 사무적인 인사를 하지요
호기심에 들뜬 주말이 있기도 해요
너와의 사이에서 낭비되는 죄책감이 들 때도 있어요
그 죄책감에 굶주린 배를 억지로 참기도 하다가
고픈 배가 아파해서
그저 밥을 목구멍 속으로 밀어 넣을 때도 있어요
때론 함께 누워 잠이 들었다 놀라
뒤돌아갈 때도 있지요
창고 방에서 햇살을 너무 오래 가뒀기 때문이지요
아주 가까이에서 내려다볼지도 몰라요
많은 상념을 가지고 있는 것들이니까요
그냥 내버려 두면 언젠가는
누군가가 다가와 감당 못할
그 문을 열지도 모르지요

과수원에서

그가 잠든 그늘 아래는
아침 해가 높게 솟아 있지요
그의 그림자를 내 앞쪽으로
가까이 두기 위해서지요
그림자는 그림자의 키 높이로
자라나지요
한낮 태양이 쏜살같이 떨어지면
잎이 넓은 창이 생겨나지요
불기만 하는 바람이 다시 돌아와야만
더 높이
매달기를 좋아하지요

아주 멀리
해질녘 같은 환상이 돌아와야
단내가 나지요
붉은 혓바닥 사이에서
하얀 분가루가 날아들면
그가 만든
주머니를 하나씩 둘씩
꼭지를 물고 있지요

하얀 밤

아직 빛이 안 들어요
눈을 감아야 보이나요
이맛살을 올리며 들여다봐야 할까요
긴 시간을 헤매던 그 어딘가에
나도 모르는 그가 들어와 있을까요
눈앞에 보이지 않는 그 빛은
불어올수록 초봄의 바람 같은 걸까요
옷소매는 긴 듯 짧은 듯하고
햇살이 보일 듯 말 듯해도
그 빛은 방향이 없어요
긴박한 모습으로 나타나기도 해요
빛은 생각보다 늘 가까이 있다고 하죠
빛은 빛만이 아니에요
의미를 기다리죠
그를 쫓아가다 발목을 삐는 아픔에
그를 놓치죠
절망 앞에서 그를 간절히 원해요
고요가 올 수 있도록 문을 열어 놓아야 하죠
하얀 밤이 뚜벅뚜벅 걸어 들어와
빛이 되기도 하죠

오래된 꿈들이 알 수 없는 기억으로 남아
굳게 닫혀 있는 것처럼 느껴지죠
어느 순간 갑자기 떠오르다
다시 어둠의 밑바닥으로 가라앉죠
낯선 풍경과
낯선 음악이 흐르기도 하죠

갯벌이야기

파도가 왔다 갔다 하면서 남겨둔 땅이 있어요 파도는 그냥 빈손으로 오는 것이 아니에요 흙 한 줌 모래 한 줌 쥐고 힘겹게 와요 때론 쾌속선을 타고 오지요 그 물결은 등이 파이는 고비를 바라보며 씨알 하나 무겁게 담고서 와요 씨앗의 싹은 봄에는 꽃을 피워요 싹은 살을 통통 굴리며 입속을 간지럽히기도 해요 그때는 꼴뚜기들도 찾아와요 함께 놀이에 빠져 사는 지상 낙원이에요 그 속에서 책읽기를 해요 막대 줄을 그어가며 읽다가 숨바꼭질을 하지요 누군가 입 큰 바구니를 들고 오면 숨을 몰아쉬고 땅 밑으로 길을 찾아 들어가요 맑은 샘이 흘러 끝없이 들려줄 이야기를 기다리고 있지요 눈을 감으면 기분 좋은 생각을 가져다 줘요 산신령과 도깨비가 드나들었던 곳이기도 해요 매일 색다른 이야기꺼리로 엮은 오색구름이 피어오를 준비를 하는 곳이기도 해요 햇살이 다 잠길 때까지 꽃을 피우면 먼 산이 숨어드는 곳이에요

- 경북 경주 출생
- 수필가, 문학평론가
- 부산문인협회 평론분과 회원
- 부산해동문학 회원
- 동의대학교 대학원 상담심리학 석사, 교육학박사 전공
- 국제공인 NLP Practitioner

권정은

오빠생각

호박

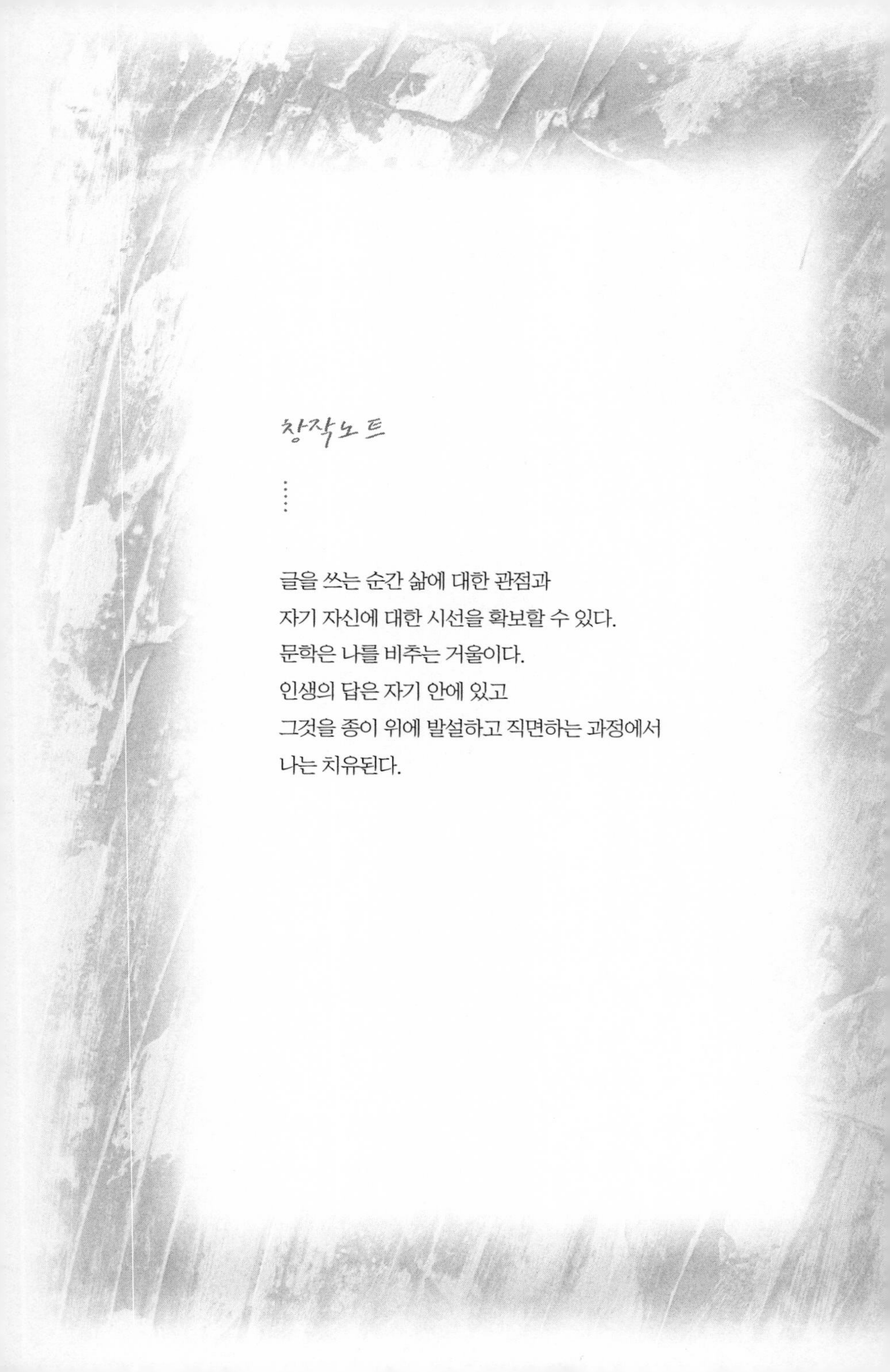

창작노트

······

글을 쓰는 순간 삶에 대한 관점과
자기 자신에 대한 시선을 확보할 수 있다.
문학은 나를 비추는 거울이다.
인생의 답은 자기 안에 있고
그것을 종이 위에 발설하고 직면하는 과정에서
나는 치유된다.

오빠생각

뜸북뜸북 뜸북새 논에서 울고/ 뻐꾹뻐꾹 뻐꾹새 숲에서 울제/ 우리 오빠 말 타고 서울 가시면/ 비단구두 사가지고 오신다더니 // 기럭기럭 기러기 북에서 오고/ 귀뚤귀뚤 귀뚜라미 슬피 울건만/ 서울 가신 오빠는 소식도 없고/ 나뭇잎만 우수수 떨어집니다.

'오빠생각' 은 작사자 본인의 경험을 담은 노래다. 서울에 가는 오빠에게 비단구두를 사다 달라고 부탁을 하였는데, 봄이 가고 여름이 지나고 가을이 와서 나뭇잎이 떨어져도 서울 간 오빠는 소식이 없다. 그 안타까운 마음이 잘 담겨 있다. 8분의 6박자의 노랫가락에 나타난 애상조의 멜로디가 당시 어린이의 심정을 잘 표현하고 있는 것 같다.

이 시 속의 오빠는 뜸북새, 뻐꾹새 등 여름새가 울 때 떠나서 기러기와 귀뚜라미가 우는 가을이 와도 돌아오지 않는다. 오빠의 부재는 계절의 변화를 더욱 민감하게 감지하도록 만든다. 기다리는 사람이 없다면 계절의 변화가 그토록 새삼스럽지는 않을 것이 아닌가. 오빠는 부재함으로써 오히려 옆에 있을 때보다 더욱 풍부한 존재감을 선사한다. 오빠를 기다리는 누이는 도처에서 오빠를 본다.

나도 마찬가지다. 오빠라는 단어만큼 내게 가족애와 향수를 동시에 불러일으키는 말이 또 있을까. 세상에서 가장 아름다운 말이 어머니라고 하지만 오빠라는 말은 어머니란 말 이상으로 내게 강력한 힘을 준다. 이는 나의 큰오빠 때문이리라.

이남이녀의 막내로 태어난 나는 오빠를 어려서부터 유난히 좋아했고, 또 잘 따랐다. 중년의 나이에도 막내로 태어난 덕분으로 나는 오빠들과 언니로부터 항상 사랑을 듬뿍 받았다. 특히 나에 대한 큰오빠의 사랑은 지극했다. 큰오빠는 지금의 나를 있게 해 준 원동력이자, 나의 뒤에서 묵묵히 응원해 주고 뒷받침해 주는 버팀목이었다.

나이 차이로 어려울 수도 있는 오빠를 어려서부터 잘 따랐고 오빠 또한 막내인 나를 많이 예뻐해 주었다. 아는 것도 많고 지식이 풍부하고, 다정했던 오빠는 아주 어렸을 때부터 나에게 부모님과 같은 존재였다. 부족하거나 원하는 것이 있으면 나는 무조건 오빠한테 졸랐다. 어쩌면 이런 고집은 내 성정이 두루 너르지 못한 소이일 것이다.

오빠에게 관한 에피소드는 추억의 보고다. 요즘과 같이 이기주의가 난무하는 세대에서는 더욱 유년시절이 그립다. 영원보다 순간이 중요한 현대라서 그럴까. 내 마음은 곧잘 향수를 탄다. 오빠를 생각하면 유난히 그리운 것도 많고 생각나는 것이 숱하다.

그중에서 제일 사건은 학교를 옮기게 된 사연이다. 나는 두 반밖에 없는 시골학교를 다니고 있었는데 큰오빠는 나를 경주에서 제일 큰 초등학교에 전학을 시켰다. 지금 생각해 보면 오빠도 고등학생이었는데 어떻게 그런 생각을 했었는지, 사업하시느라 바쁘신 아버지를 대신해 준 오빠 덕분에 좁은 우물 안에서 더 넓은 곳으로 나갈 수 있었고, 더 많은 사람을 접할 수 있었던 것이다.

오빠는 내 인생의 터닝 포인트를 마련해 주었다. 시골에서 자라 땟국물이 줄줄 흐르는 나를 깔끔하게 만들기 위해서 매일 목욕탕에 보냈고, 용돈을 쪼개가며 예쁜 옷을 사주고 친구들에게 기죽지 말라고 용돈도 넉넉히 주었다. 돈에 대한 개념이 없는 어린마음에 오빠는 항상 돈이 많다고 생각했고, 또 오빠이기 때문에 당연히 나에게 그렇게 해 주어야 한다고 생각했다. 고마움보다는 내 권리라고 생각했던 것 같다. 이 얼마나 철없는 생각이랴.

이런 철없는 나의 요구나 응석을 고등학생이던 오빠가 다 받아 주었다는 게 얼마나 대단한 것인지, 지금 생각해 보면 오빠가 너무나도 위대하다. 언제 보아도 그 자리에 그 모습으로 나를 맞아주는 다정하고 의젓함이 든든하다. 지금도 묵묵히 착한 시선으로 내 생활을 말없이 지켜줌이 한없이 고맙기만 하다.

얼마나 철부지였던지 소풍을 가는데 오빠가 예쁜 새 옷을 사주었다. 소풍을 갔다 온지 삼일 후 추석이었다. 나는 오빠에게 추석이니 옷을 사달라고 했다. 당시 오빠는 추석 옷을 미리 사서 소풍갈 때 입혔던 것이다. 다음날이 추석이라 시골 버스를 타기 위해 가던 중 '오빠, 추석 옷 사줘' 라고 하니 오빠는 돈이 없다고 했다. 나중에 사줄게, 그래도 막무가내인 나를 설득하고 달랬다.

그리고 걸스카우트 단원들이 신는 판탈롱 양말을 사 주었다. 오빠가 사준 양말을 신고 못마땅한 표정을 지으며 시장 길을 빠져 나오려는 순간 또 졸랐다. '오빠 옷 사줘' 라고 떼를 쓰며 한 발자국도 움직이지 않았다. 버스를 놓칠까 봐 오빠는 마음이 탔다.

오빠는 너무 고집을 부리는 나를 골목으로 데리고 갔다. 그때 오빠는 자신의 마음을 몰라주는 나에게 화가 났고, 속상함을 표현했다. 지금의 내가 내 아이들이 사달라고 하면 사주지 못할 때의 심정을 누구보다 잘 알기 때문에 그때 일을 떠올리면 가슴이 먹먹해진다.

학교 단체로 문화교실을 가는 날이면 오빠는 줄서서 영화관으로 가던 중 빠져 나와 집으로 와서 내 손을 잡고 뛰어가곤 했다. 나는 까만 교복을 입은 학생들 사이에 끼어 영화를 봤다. 내 동생이 있었다면 과연 그렇게 했을까, 하는 생각을 해 본다.

시간이 흘러 오빠는 군대를 가면서까지 내 걱정을 하고 갔다. 훈련소에서는 사제 편지를 쓰지 못하기 때문에 집에서 입고 간 옷 안감에 글을 써서 보냈는데 절반 이상이 중학생인 작은오빠에게 내 진학문제를 잘 챙기라고 쓴 글이었다. 결코 잊을 수 없는 기억들이다.

군 생활을 하면서도 오빠는 삼천 원이었던 군대 월급을 모아서 내 옷을 사서 보내곤 했다. 지금의 비슷한 나이라고 하면 상상할 수 없을 정도로 오빠는 나에겐 어른이었고, 아버지였고, 너무나도 큰 존재였다.

넥타이를 선물한 적이 있다. 내가 선물한 넥타이를 너무나도 소중하게 하고 다니며 자랑을 하는 오빠였다. 결혼을 할 때 내 남편에게 내 동생 잘 부탁한다고 했고, 나를 보내고 마음이 얼마나 아플지 모르겠다며 울먹이면서 한 말이 지금도 귓전에서 사라지지 않고 맴돈다.

결혼한 이후에도 내 생일을 단 한 번도 잊지 않고 미역국 먹었나, 내 동생 사랑한다며 축하를 해 주었다. 내리사랑은 있어도 치사랑은 없다고, 나는 오빠의 생일을 제대로 챙겨 본 적이 없다. 오빠의 수난은 여기서 끝이 아니었다.

늘 동생 걱정하고 살아온 오빠에게 '오빠의 동생이어서 하늘에 감사합니다. 고맙습니다. 그리고 사랑합니다' 라는 말을 꼭 전하고 싶다. 더러는 과거와 현재의 감정이 뒤섞여 엉킨 얘기가 좀 수다가 되었지만, 오빠는 맑은 바람 같은 표정으로 내 이야기를 들어 주시리라, 우주의 파동은 내 뜻을 실어 오빠의 가슴에 전해 주리라 믿는다.

떠듬떠듬 추억 속을 유영하며 이어지는 사랑과 기억들이 오랜 세월이 지난 지금까지도 이토록 또렷한 건 도대체 무엇일까? 오빠 앞에 서면 너른 가슴에 내 심연의 깊은 곳, 자기의 그림자가 안개 속이듯 얼비친다. 신비스럽고 변덕스러운 나 자신과 대변하는 건 오직 여기 오빠 앞에서다. 언제나 처음처럼 그 자리에서 나를 동생으로 맞아주면 그것으로 나는 충분한 것이다.

때로는 추억에 도취해 볼 일이다. 이렇게 마음이 편안해지기가 쉽지 않다. 그리운 날들이 있었기에 나의 정서는 하늘색일 수 있으리라.

호박

전통 한국식 미를 잘 살린 레스토랑의 식탁에 앉자마자 내 눈을 차지한 건 누런 호박 덩이다. 펑퍼짐한 엉덩이를 이용해 자신의 존재를 알리느라 바쁜 것 같다.

저녁나절 여고 동창생을 따라갔다가 뜻밖에도 호박을 보게 된 것이다. 호박이 매우 울퉁불퉁하며 주름이 깊게 패여 있어 할머니 주름 같기도 하고 꼭지는 할아버지 엄지 손가락만하다. 채소 중에서도 못생긴 걸로 치면 최고다. 하지만 호박의 속살은 매우 부드럽고 달콤하여 호박씨는 고소하다 못해 침이 꼴깍 넘어가는 그런 맛이 나기도 한다.

갖가지 사연과 이유로 이곳 식당을 찾은 사람들에게 호박은 무슨 말이라도 전하려는 걸까. 반질반질 윤기가 흐르는 호박을 보며 짐짓 귀 기울인다. 무엇인들 생각이 없으랴. 나는 호박의 모습에서 단발머리 나풀대는 예닐곱 살 산골 소녀를 떠올린다. 양지녘에 모여 소꿉놀이를 할 때면, 그 돌담 옆에는 꼭 호박꽃이 웃고 있었다.

호박은 시골의 돌담을 타고 살거나 아니면 밭두렁을 끼고 살았다. 우리는 호박을 못생긴 얼굴의 대명사로 생각하고 흔히 얼굴이 둥글둥글하고 못생긴 애들을 호박같이 생겼다고 한다. 어릴 적, 친구들끼리 그런 호박을 서로 닮았다고 놀리기도 했고, 그 말을 듣고 상처를 받은 친구들도 많았던 것으로 기억한다.

유년기 시절, 어머니가 끓여주는 호박죽의 향은 방안 가득 퍼져서 나의 잠을 깨우기도 했다. 시골이나 산골에서 자란 사람이면 대부분 호박과 함께 한 추억을 잊지 못한다. 그런 호박죽은 감기가 걸리거나 소화가 안 되면 호박죽을 많이 먹었다. 아마도 강낭콩이 씹히고 밀가루가 덩어리져 있는 호박범벅 죽 그 맛을 영영 잊지 못한다. 보리밭 이랑에서 달래와 냉이를 캐고 밭둑 따라 쑥과 나물을 뜯던 어릴 적 내 모습과 항상 같이 했던 호박이 아닌가.

호박을 보고 있으려니 온갖 추억들이 기지개를 펴며 일어선다. 봄비라도 내리는 날이면 꽃씨를 심는다고 한바탕 소란을 피우고, 화단에선 흙냄새가 그리움처럼 번져났다. 앵두꽃 망울이 부풀고 텃밭의 장다리꽃이 노란 나비를 부를 무렵, 호박꽃도 이에 질세라 큰 입을 벌려 벌들을 유혹해댔다.

호박꽃은 여름에는 여름 꽃이며, 고향을 그리게 하는 유년기의 회상에 젖게 하는 그런 꽃이기도 하다. 시골집 돌담을 타고 주렁주렁 열매를 맺어 우리 식구들의 입맛을 돋우는 그 꽃이 내게는 유심한 춘란이나 고아한 매화보다 한결 소중하다. 아무런 돌봄을 받지 않아도 제 홀로 싹을 틔워 잘 자라는 꽃이어서 그러하고, 어찌 좋은 점이 그뿐이랴.

가뭄이 오고 홍수가 나도 노란색 꽃 안에 암술과 수술이 옹기종기 모여 서로를 위하며 열매를 이룬다. 마치 덩굴을 치며, 아름답게 서로 의지해 살아가는 지금의 우리 가족 같지 아니한가.

딱딱하고 튼튼한 호박의 껍질 속에서 부드럽고 달달한 그런 유연함을 보여주는 그런 호박이 좋다.

당시 산골마을의 우리 집은 마당이 너른 기와집이었다. 할아버지는 안마당과 뒷마당 온 집안을 둘러 갖가지 꽃을 심었다. 꽃밭의 향기 따라 온갖 곤충들도 모여들었다. 이른 봄 개나리에서 여름의 호박꽃, 서리 내린 늦가을 국화에 이르기까지 우리 집은 일 년 내내 화원이었다.

그런데도 왜 유독 그 화려한 꽃보다도 호박꽃이 생각나는 걸까. 아마도 호박은 많은 것을 주기 때문일 것이다. 호박은 날마다 아침이면 노란 꽃을 피워 먹이를 주고 우리에게 아기처럼 환하게 웃으며 미소를 한 가득 선물한다. 우리의 양식이 되기도 하고 잎은 데쳐먹고 쌈도 싸서 먹고 정말 많은 것을 준다. 호박엿은 수능의 추억도 살려준다.

여름이면 우리는 호박에 준 인분 거름이 풍기는 고약한 악취에 시달리기도 했다. 그 냄새는 지독했다. 하지만 거름을 주고 난 며칠 뒤 영양을 먹은 잎새에는 윤기와 생기가 한결 더해졌다. 꽃망울이 실해지고 호박열매도 더욱 단단해지는 것 같았다. 우리의 고통을 꽃들은 그렇게 싱싱함으로 보상해 주었다.

호박은 이렇게 척박하게 자라나도 어느 하나 불평 없이 모든 걸 주고 다음 계절을 기다린다. 우리 삶도 이러해야 하지 않을까. 화려한 겉모습으로 남을 유혹하면서도 아무것도 주는 것이 없는 이름뿐인 꽃보다 전체 몸을 다 인간을 위해 헌신하는 호박 같은 그런 삶이라면 좋겠다. 화려한 겉만 보고 판단할 것이 아니라 진정한 내면, 그 속에 들어있는 그런 진실을 찾아야 그게

진짜 아름다운 사람이 아니겠는가.

맥주잔의 노란색이 짙어질 때마다 자꾸 내 시선은 호박 쪽을 향한다. 나는 내면으로 더욱 침잠되며 혼자의 세계 속으로 유년의 그 꽃을 불러들였다. 누런 엉덩이를 보여주고 있는 호박덩이지만 그 속에는 분명 노란 호박꽃이 피어 있었다. 반질반질 빛나는 호박 한 덩이의 살결을 보며 인생 또한 호박 같아야 한다는 지론을 펴본다.

자신의 모든 걸 버리고 껍질까지 말려서 다 줄 수 있는 그런 사람이어야 하지 않을까. 아무리 바쁘고 척박한 인생살이지만 다른 사람을 위해서 봉사하고 남을 위해 헌신하는 그런 인생, 호박 같은 삶, 그런 삶이 주는 향훈에 제대로 취해 보고 싶다.

부산해동문학회 회원 주소록

성명	주소	연락처
김정호	50549, 양산시 평산11길 5, 203동 601호	010-7436-9098
김홍규	53203, 거제시 하청면 칠천로 148-8 거제도 플라워펜션 0223khg@hanmail.net	010-3871-0302
김찬식	48093, 부산시 해운대구 해운대로 564, A동 1702호(우동, 해운대 한솔 솔파크) chsikimm@hanmail.net	010-2686-0019
문경이	47171, 부산시 부산진구 백양관문로 7, 208동 704호 kyung646@hanmail.net	010-9303-1103
박성미	46010, 부산시 기장군 기장읍 정광3로 23, 204동 1003호 psm2337@hanmail.net	010-3853-0530
박황자	47508, 부산시 연제구 법원북로 34, 107동 1302호 ppoet@hanmail.net	010-8554-5860
손은교	47714, 부산시 동래구 온천장로 14, 프리존 1507호 ek3258@hanmail.net	010-5643-9833
손영철	44613, 울산시 남구 옥현로 92-12, 201동 1603호 dla7737@hanmail.net	010-8522-5310
윤충선	46072, 부산시 기장군 기장읍 기장대로 499-3, 112호	010-7678-3651
박윤조	47610, 부산시 연제구 마곡천로 26-4	010-8007-7144
권정은	48069, 부산시 해운대구 해운대로 1188, 206동 2005호